강물이 물때를 벗는 이유

서봉교 시집

강물이 물때를 벗는 이유

달아실시선
68

달아실

보조 용언과 합성 명사의 띄어쓰기 등 본문의 맞춤법은 시인의 의도에 따른 것임.

시인의 말

나를 잘 아는 사람이든 잘 모르는 사람이든 늘 같은 질문을 한다.
아니! 낮에는 직장일 하고 주말에는 농사일 하는 사람이 시는
언제 쓰느냐고.
그러면 난 늘 웃으면서 답을 한다.
시 쓰는 것은 영적靈的인 작업이니,
시 한 편이 환영처럼 머리 뒤에 떠오르면
그때 한 편 쓰고, 아니면 놓고 하는 일을 수십 년 했다고.

그렇게 부끄러운 자식들을 모아서 세 번째 시집을 묶는다.

내 글에 책임을 지고 부끄러움을 느끼지 않을 때까지
정진하고 또 정진하기를 다짐하면서.

2023 여름
서봉교

차례

강물이 물때를 벗는 이유

2부

3부

4부

5부

1부

9월의 연蓮

한창때

작두에서
미친년 널뛰듯
공중제비에 회전 돌려차기로

붕붕 날아다니던

늙은 무당의
검버섯 핀 얼굴

산란철 민물고기 포획 금지

해마다 5월이면 강둑에 낙서처럼 붙는 현수막

5월 1일부터 한 달간 물고기를 잡지 마세요

그런데 낚시점에서 버젓이 투망과 그물을 파는 심보는

사슬치 나그네

주천농협 하나로마트에 전화벨이 울린다

"조합직원 양반 여그 사슬치*여"
"네"
"소주 항 개 하구"
"네"
"아니 궤짝으로"
"맥주도 항 개여"
"네"
"아니 궤짝으로"
"사홉들이는 시 개여"
"네"
"아니 궤짝으로"
"네"
"잠깐 지달려바, 여 할멈 뭐 시킬 거야"
"음 다시다, 맛소금, 밀가루, 겨란 한 판, 두유도 한 박스 갖다 조. 시방 올 거지"

배달을 갔더니 노인은 보이지 않고

안노인이 낫자루만 한 굵은 강아지 똥을 삽으로 치우면서

"이눔의 첨지가 뒈지지도 않고 술만 맨날 처먹어. 술짝은 들지도 못하는 주제에 쯧쯧"

아무 대꾸도 않고
술짝을 내려놓으니 안주인은 누런 신사임당을 내어주는데
처음 봤는데도 그 개는 나를 보더니
제 바깥주인 모양 실실 웃는다

왜 웃지?

* 沙瑟峙. 강원도 영월군 주천면 용석3리 옛 지명.

사과 선별장에서

시월의 마지막 날
공순원* 산골사과농원**에서
열 사람보다 몇 배 더 나은 기계가 7등급으로 선별을 하는데
몇 순배 돌고 돌아 열대여섯 박스 고르고 나니
슬그머니 드는 생각
인간을 저 위에 올리고 돌리면 몇 등급까지 나올까
애초부터 거르고 나면
인간사 재미없는 세상이 될까
내가 저 위에 앉으면 몇 등급으로 떨어질까
고만
선별기 따라 같이 돌으니 골은 어지러워오는데
"오라버이 사과 안 담고 뭐 해" 여동생의 불호령 소리에
3번 사과를 집다가
글쎄 난 3, 4번은 갈까

귀하신 몸 1, 2번 사과만 박스에 담는다.

* 강원도 영월군 주천면 신일3리의 옛 지명.

** 강원도 영월군 주천면 신일3리의 이형근, 서영미 부부 사과밭.

사랑

그것도

스마트폰 배터리 같아서

잔량이 100% 차지 않으면

자꾸 자꾸

충전을 갈구하는

버릇이 있나 보다.

송아지

낼모레 팔십을 바라보는 아부지
겨우내 입에 달고 사는 말
소 한 마리, 그놈의 송아지 한 마리 사자고
그깟 소 한 마리 살 수 있는 여윳돈이야 있지만
평생 한 고생
이젠 고만하시라고 미루다가도
25년 전 경운기 사 드릴 때도
젊어 농사일로 골이 다 빠진 다음에야 사 드려서
후회한 생각을 하는데
막내가 아부지 전화로 대신 보내온 문자엔
소장수 아무개랑 낯선 계좌번호
아부지 성가실까 봐 멕이지 말자고 해도
일 년에 삼백은 버는데
촌에서 그런 돈벌이 어디 있냐고
아부지 애원에 져드리면서
소장수에게 돈을 부치는데

마구간에서는 여물 달라고
송아지가 먼저 우는 아침

강천사의 구름다리

누가
하늘과 하늘 사이에
저리 긴 섶다리를 놓았을까
밑에서 올려다보면
지네 뱃가죽 같고
건널 때는 나룻배 타는 기분인데
저기 제일 높은 바위 옆에
왼쪽 가슴살 반 근만 도려내어
볕이 잘 드는 애기단풍나무 옆에 걸어두고
과메기처럼 숙성되기 전
다시 보러 올 것이라고
다짐하고 다짐을 해보는

강천사의 구름다리

고추를 심다

정월부터 이불 밑에서 촉을 틔워
애지중지하던 고추모 정식은
수십 년 해 먹던 논바닥을
내시 수술하듯 객토로 지목 정정한 살찐 밭이다
아부지 왈
모를 심으면
트랙타비 30만 원
농약비 50만 원
벼 베는 데 30만 원
내 품값은 빼고
가을에 벼 서른 몇 가마 수확하구 나면
개뿔도 아녀
일단 고추를 심어봐
한 근에 5천 원씩 3천 근이면 1,500만 원이야
논바닥에 마사토로 객토한 흙을
포경 수술하고 녹는 실밥 풀듯 만져보는데
고추모들이 꼿꼿하다
이 땡볕에
서야 할 때를 알고 서는 고추모는

얼마나 대견한 놈들인가

살아 있는 것이라면 사람이든 작물이든
중요한 것이 고추여

그 고추를 어린이날 심는데
고추밭 뒤편
다래골의 화산바위가 엽초를 태우다 말고
부르지도 않은 증인을 서고 있다

엉뚱한 오해

시 쓰는 신랑을 싫어하는
아내를 모시고 산 지 30년
9월의 환절기에 맞춰 냉전인데
아내가 퇴근하면서 사 온 양복 한 벌
방금 낚시에 올라온 갈치처럼 아주 깔끔한데
영 눈은 마주치지 아니한다
마누라 눈치를 살피고
시집詩集을 치우면서 밥솥으로 향하다가
문득 생각해본다

새 양복도 한 벌 더 사 왔으니
길바닥에 내다 버리진 않을 것이다

노숙자

어머니 뱃속에서 나올 때는
같았으나
부서지는 시간의 부스러기에
윤활유로 섞여 살다가
쥐 지랄도 모자라
산전수전 공중전山戰水戰 空中戰에 재주까지 넘다가
남들은 모두 피해 가는
배앓이를
혼자만 앓은 이

등산의 법칙

산에 가면
고함지르지 마라

나무들도
스트레스 받는다

2부

변명

화장실로 향하는데 울리는 마누라 전화
설날 보너스 받았다고 했더니
대뜸 다 보내란다
그게 뭔 소리냐고 했더니
그동안 먹이고 재워주고 빨래해준 게 어디냐고
밥 얻어먹는 게 어디 쉬운 일이냐고
반문하기에

난
아무 말도 못 하고 휴대폰만 끊었다.

어떤 배려

이발소 앞 중국집에서
아들은 짜장 난 짬뽕을 먹는데
에어컨 옆 늙은 고무나무
이파리가 다 말라가면서
물 좀 달라고 애원하고 있다
그것도 한두 번도 아니고 계속
나무의 시선이 거슬려 면을 먹기가 거북하고
매끄럽지 못한 신경전이 계속되는데
벌써 아들은 한 그릇 다 비웠다
나도 대충 짬뽕을 마무리하고
반쯤 남은 물병을 들고 가
화분에 물을 주었다
괜히 주인 눈치 살피며
계산하고 돌아서는데
여주인의 한마디

아저씨 저 나무 물 자주 주면 죽어요.

막걸리를 마시다
— 어머니의 노래

새벽 다섯 시 기상해서
쥐 지랄하듯 고추모 세 단 반을 심고
북을 주다가 출출해서 아들에게
막걸리 심부름을 시킨다
안주야 경운기 뒤에서 꺼내오니 김치겠지
고추밭 고랑에서
흔들지 않고 따라주는 막걸리 한 잔
제대로 삭았네
낼모레 칠십인데
나두 농사와 더불어
가자미식해 삭듯 막걸리만큼 삭지 않았을까
곰삭아야 맛이 난다는
도시님들의 뒷맛 소리는 난 모르고
사람들이 싫어하는 적당히 삭은 맛을 보며
한 잔 들이켠다

증인은
밭두렁의 개미가 설 것이고.

주천의 연밭에서

한창 젊었을 때
주천의 연밭에 갔을 때는
오직 연꽃만 보였다

마흔을 넘기고
쉰을 바라볼 때
비로소 연 이파리 아래가 보였다

온통 개구리밥으로 덮인
또 다른 초록 세상

그 밥을 뒤집어쓰고
눈만 내민 청개구리가 말했다

너는
이제야 왔느냐고.

부전자전

낼모레 팔십인 아부지
평생을 농사지으시면서 하시는 말씀
일은 술이 하는 거여
난 한 게 아무것도 읎어
오늘도 열심히 고추모를 심는데
그 집 아들도 시詩를 쓴답시고
늘
시는 술이 쓴다고
만나는 사람마다 열변을 토한다
일이야 당신이 하신 거고
시야 정신이 지은 고도의 집 한 채인데
굳이 술 핑계로 공을 돌리는 것도
유전일까
한나절 다될 무렵
백 미터도 넘는 그 긴 사래밭에
고추 심다 말고는
아부지 또 소리치신다

아!

소주 소주 한 병 가져오라니까?

가스레인지에 불을 댕기며

맞벌이한 지 20년 넘으면
초번을 정할 것도 없이 일찍 기상하는 사람이
설거지며 조반을 할 일이다

가스 불을 댕기니
찌개 냄새에 묻어오는 어머니 얼굴
마른 청수아리로 아궁이에 불을 때서
조반을 안치던

오래된 구들고래의 심술을
아궁이로 토해내던 그 매캐한 연기
연실 내굽다고 눈물을 훔치며
식구를 위해 아침을 준비하던
어머니

이젠 40년도 훨씬 뛰어넘는
그 시간 여행

가스 불을 끄는데

청수아리에 흘리던 어머니
눈물 냄새가 났다

엄마 흉내를 내면서

독감으로 주말 밤새 앓은 아내 대신
일요일 조반을 하는데
어린 시절 엄마가 해주었던
콩나물밥이다
된장은 된장대로 끓이고
어머니와 같은 맛을 내기 위해
조미료를 넣고 또 넣고
맛의 기본은 그게 아니지
밥 풀 때 비릿한 콩나물 냄새가
어머니처럼 났다
한 숟갈 뜨고 혓바닥의 시간 여행을 따라
촉수로 더듬어보지만
저만치 저만치 멀기만 하지
그래 어머니 흉내가 이것뿐이랴
자식들 낳는 것도 아들 하나에 딸 셋
이미 닮았는데
어머니의 흉내를 낸다는 것은
나도 그만큼 세월을 살았다는 이야기
이다음에 우리 아이들은

지 엄마 흉내를 낼까
안 낼까?

삼대三代

음력 구월 보름날
사자산 법흥사 앞마당에 서면
들려오는 아부지 음성
1930년대 봉양면 미당리 어디에서
면서기를 지내시다 재산 다 놔두고
사재로 이사 와서는
어떤 이름 모를 놈들이 조치법 몇 번 할 때
우리 땅 다 주워 먹었다고
간도도 찾아야겠지만
잃어버린 우리 땅도 찾아야 한다고
하시던 할아부지 말씀과
백년광산에서 일하시다 젊은 나이로 돌아가신 할아부지랑
열두 살 먹어 6.25 동난 때
겨울 피난 가다가
얼어 죽은 작은고모, 큰아부지는 국군으로
작은 큰아부지는 의용군으로 잡혀간 얘기
홀어머니랑 천둥벌거숭이로 살다가
열아홉에 지원해서 군대 갔다가 제대 후

맨주먹으로
이만한 재산을 다시 일궈놓았다고
그런 부모들 세대의 일들을 잊지 말라고
법흥사 황금 장송 사이로 불어오는 솔바람이
자꾸 아부지 이야기를 해준다

우리 다 죽고 나서도
절대로, 절대로 잊지 말라고.

서러운 홀아비들의 저녁 식사

나무가 겨울을 나려면 물을 내리듯
새해를 맞기 위해 달려온 12월

모친 출타 중인 본가에
사랑방 누룩 뜨는 냄새의 아부지가
10년 전 끊은 담배의 마른기침으로
기다리시는 곳
우무실*

꽁치 통조림을 콘크리트 반죽 비비듯
김치와 섞어버리고
여름 낮
가마솥에 삶다 식은
바가지의 속 같은 찬밥을 떠 넣으면

먼저 드시고 내내 기다리던 아부지는
강아지들이 어미젖을 다 빨고 난 후
어미 개가 밥그릇을 당기듯
식은 꽁치찌개에 김 나간 소주를 쏟으신다

한잔 거들고 싶은 욕망이
발정 난 황소처럼 들지만
그래도 꾹 참고 침묵하는 게 좋다는 것을
알았을 때
아들은 불혹을 넘었을 거고
언제 또다시
모친 출타하고 둘이 오붓하게 식사를 해볼까

오늘 밤 각자의 방에서 비름박을 긁으면서
또 다른 꿈을 꾸리라
"아부지 한잔하시죠"
"아들아 한잔할까"

낼 아침 설귀산**의 겨울 안개가
마른 메아리로 녹을 때까지.

* 강원도 영월군 수주면 무릉3리 지명. 우물이 난다는 데서 유래.

** 雪龜山. 영월군 수주면에 위치. 중방동 위에 있는 산이다. 주천 구누터에서 바라보면 거북이가 웅크리고 앉아 있는 형상이다. 산 전체가 푸른 소나무 숲으로 뒤덮여 있는데 불정사(佛精寺) 쪽은 꼬리 부분이 된다. 겨울철 눈이 내리면 마치 흰 거북이가 살아서 움직이는 것 같이 보인다.

밥맛

오십을 바라보는 아내가 공부 가기 전
식은 밥을 뜨다가 대뜸 쌀 맛이 없다고 한다
칠십 넘은 시아부지가 지은 쌀인데
내심 괘씸하고 서운해도
당신 입맛이 늙었다고 얼버무리는데
가슴 한 편이 뻥 뚫렸다
식구들 모두 목욕탕 가고
혼자 밥을 안치는데 쌀이 부족하다
이태 전 논농사로 지은 쌀이 동이 난 것이다
이미 쌀을 사 먹으란 말은 들었는데도
모친께 확인 전화를 한다
아 쌀 떨어졌나 그럼 마트에서 한 포 사라
답을 알고 있으면서도 전화를 끊고 나니
이미 아들 가슴은 뚫렸는데
노인네 가슴에 또 다른 구멍을 낸 못난 큰아들 귀로
모친 수화기 놓는 소리가
치악산 비로봉의 날벼락 치는 소리보다
더 크게 들렸다.

3부

길을 막다

아 그 후레아들눔이
길을 막았다지요
수십 년 조상 대대로 다니던 길을
이미 시멘트 포장도 다해놓은 길을
지한테 가로거친다고
길을 막았다지요
마을 사람들이 설득해도 듣지 않고
하도 황당해서 측량을 했더니
글쎄 자기 땅은 한 자만큼만 들어갔는데
여지껏 남의 땅에 개기면서 억지를 부렸던 거래요
왜 당신 땅이냐고 물었더니
수년 전 밤중에 교장 선생과 술을 먹으면서
야매로 샀기 때문에 등기권리증은 없다나
사과는 할 줄도 모르고
이후 막았던 길을 풀긴 풀었다는데
동네 사람들과 마음과 마음의 길을 막은 것은
아직 풀지 않았나 봐요

애인

사랑하는 사람이
멀리 있다는 것은
얼마나 다행한 일인가

사랑하는 사람과
아직도 연락이 닿지 않는다는 건
얼마나 다행한 일인가

사랑하는 사람이
아직 살아 있다는 것만으로도
얼마나 다행한 일인가

그런 사랑을 하나쯤
왼쪽 가슴에 묻고 산다는 것
얼마나 다행한 일인가

그런 사람을 만날 수 없다는 것
이 또한 얼마나 기막힌 일인가

쉰하나

병원이나 은행에서 아버님으로 통한다
급한 건 잠시 잊고
양보도 늘고
배려도 늘고
많이 용서하려고 한다
부닥치는 일들을
둥글게 넘기려고 한다
그날 일들은 그날그날 잊어버린다
안경을 쓰지 않으면
길에서 사람들을 알아보기 어렵다
사십 대를 어찌 지나왔는지
알려고도 하지 않는다.
시속 50킬로미터로 가는 오십 대를 믿으려 하지 않는다
그때 들려오는 마누라의 앙칼진 목소리
여봇! 분리수거는 언제 할 거야?

알아, 알았다고
시방 치우면 되잖아

수주별곡水周別曲 47
— 명마동의 노을

동짓달

스무이렛날

큼지막한 뱀모기에

한 방 물린

쌍란

노른자위

한 점

수주별곡水周別曲 46
— 아부지의 노래

때 없는 가을 가뭄에
벼 타작을 한다
동무들 다 죽고 없는 마을에
이제 몇 남은 친구들

내 1년 지은 농사를
친구 아들이 50분 만에
타작을 마치는데

칠십을 넘긴 친구가 권하는
막걸리 한 잔
밭일할 때는 종일
매실 섞은 소주만 먹었는데
농협 다니는 아들눔이 안쓰러워 사다 준 맥주 박스는
아까워 개봉도 안 하고

친구야
이 동네에서 아직 살아 있는 친구들은
자네와 나 둘뿐

우리 이렇게 살다가 가는 거야

자
종이컵에 소백산 막걸리 따라
한 잔

증인은
저 논두렁의 잡초들이 설 것이고.

수주별곡水周別曲 4

5월의 농촌에 비가 오니
일손은 쥐 지랄하듯

고양이 손이 필요한 건
가을이지만

먹고 죽을 돈보다
없는 것은 사람 손이다

평일 날 직장 일하는 아들
밭일해달라고 부를 수도 없고

잿말랑 고추밭 트랙타 쳐달라고
부탁한 김 씨 아들 함흥차사인데

낼모레 주천* 장날 고등어 사러 가려면
나들이옷도 빨아야겠지만

이눔의 논밭은 언제

다 갈아엎나!

* 강원도 영월군 주천면. 술이 솟는 샘이 있다는 데서 유래.

벌 나다

그놈들은
한창 바쁜 5월 모심기 때
꼭 달아났지
품앗이로 얻은 일꾼들이 못줄을 튕기며
맨손으로 모를 심을 때쯤이면
가스도 전기도 없는 시커먼 부엌에서
제누리로 칼국수를 삶던 어머니가
고무신이 다 벗겨지도록 달음박질로
논으로 기별을 가야 했으니
진흙 덕지덕지 붙은 맨둥발로
한걸음에 달려온 아부지가
참나무 껍질로 만든 벌통 뚜껑에 꿀을 바르고
약쑥을 꺾어
새 식구를 달래는 소리
장수야 낮게 날아라
장수야 낮게 날아라
신기하게 그놈들은 벌통으로 들어가는
행운 아닌 행운도 있었지만
열에 넷 이상은 석청을 만들러 병창으로 도망을 갔으니

부아가 잔뜩 오른 아부지가
지푸라기에 불을 댕겨 몇 번이고
화형식을 하려던 마음을 삭이고 삭여서
벌은 서른 통으로 불어났지만
해마다 이맘때만 되면
고양이 손도 아쉬운 농사철에
자꾸만 살림을 나겠다는 녀석들을
얄미워만 할 수 없는 일

장수야 낮게 날아라
장수야 낮게 날아라

아부지랑 여왕벌의 끝나지 않는 대화는
아직 현재 진행형인데.

참깨 순을 치면서

음력 칠월 스무하룻날 아침
텃밭의 참깨 나라 국민들의 목을 수없이 쳤습니다
잘리면서도 혁명군처럼 솟아오르는
저 고소한 피, 피들
그런데 말이죠

잘 여문다고 능사는 아니지요

목을 칠 때는 아무 생각 없이 쳤지만
정작 그들의 다리를 벨 때는 더 신중해야 하니까요
다리를 벨 땐 그 자식들 절반을 잃어버리거든요

결국 군주의 손에 들어가는 건 50%
그래서 옛말에 참깨 농사는 양반 농사라고 안 했나요
참기름 드실 때 고걸 알아야 해요
무수한 희생과 반은 땅으로 돌려준
고마운 마음들이 있었다는 것을

그리고

고소한 그 피
피들의 절규를

종자 강내이 매상하는 날

영월군 수주면 무릉3리에는
법 없이도 평생을 사는
부처님 가운데 토막 같은 분들이
두릉, 톡실에 모여 사는데요
인심을 외상도 할 수 없는 사람들이
함께 40년 넘게 농사지은
미백찰 2호를 매상하는 날
요선정이 훤히 올려다보이는 강바닥에
작석作石한 강내이 자루를 내려놓고
사격장 들어가기 전의 훈련병들처럼
종자 검사원들 검사를 기다리는데
40kg 자루를 옮기는 일도 쉽지 않은 일
모두들 칠팔십을 훌쩍 넘겨버린 백발노인들이
서로 도와 자루를 간신히 내려놓고는
이제는 강내이 자루 하나도 못 들으니
농사는 고만 짓자고들 하는데

요선정의 미륵불이 고만해도 된다고
이젠 고만해도 된다며

자상한 미소로 가만히 그들을 내려다보고 있다

원고료 소득 금액 증명원

요즘 청첩장이 오면 기본이 5만 원
부고장이 와도 5만 원
그래도 친하다 싶으면 10만 원도 더 넣는데
1년 치 시詩 농사지어서 받은 원고료가
7만 원이다
그래도 작년에 24만 원이나 받아서
6만 원 보태 가족들에게 나눠줬는데
지난달 한국은행이 기준 금리 인하한 거랑
시인의 메타포랑 무슨 함수 관계란 말인가
적자에 적자를 거듭하는 출판사들이
폐간하는 곡소리가 자주 들리는데
그래도 관급 공사에 청탁받아야 원고료를 받지

도대체 밥도 안 되고
돈도 안 되는 시는 왜 쓰는지

4부

온달족발집에서

원주시 단구동 온달족발집에서
매운 족발을 씹다가 문득 그를 만났다

보신탕집 이름이 된 연개소문보다야 낫지
누가 나를 찾겠어
1,300년도 더 된 나를
매일매일 찾아주는 도반들이
정겨운 벗이지
가끔은 온달산성을 찾아주는 이도 있더라고
원주 사는 서 시인이 작년 문학기행 때
글쎄 단양 대강막걸리를 사 왔더라고
산성에서 한잔하고 남은 막걸리를
성 밖의 군사들에게 부어주더군
감동이었제
지금 말하지만 아차산 전투는 썩 내키지는 않았지
신라군을 막으러 갔지만
평강공주를 두고 가기가 그랬지

이 말을 끝으로 또 한마디 한다

서 시인 들어봐
보신탕집 간판이 된 연개소문보다야
내가 더 낫지
온달족발이

인연설因緣說

십수 년 전 알던 남쪽의 독자분에게서
연락이 끊긴 지 8년 만에 갑자기 연락이 왔다
서로의 반가움에 8년간의 안부는 묻지도 않고
스마트폰이 갤럭시 21이 새로 나온 것처럼
현실적인 안부만 물었다
그리고 그가 왔다 갔다
떠날 때 그는 8년 전 내 블로그에서 알던
어느 시인을 찾고 있는데 알려달란다

그 시인께 아무개분이 당신과 연락을 하고
싶다는데 알려줘도 되냐고 하자
모 시인 왈
서 시인님, 전 새로운 인연을 다시 알기보단
이제는 아는 인연들을 하나하나씩
아름답게 정리하고 싶다고

나는 이 말에
무릎을 탁 쳤다

어떤 방생

영월군 수주면 무릉리 명마동 병창 앞에
40여 명의 신도들이
무언가를 빌면서 방생을 하는데
희한하게 그곳은
6.25 전쟁 때 엄청난 인민군의 시체를 버렸던 곳이고
작년에도 배부른 임산부를 두고
젊은 신랑이 물에 빠져 죽은 곳
물귀신이 우글우글하다고
동네 사람들이 얘기하는 곳
아니 가끔
화장한 영혼 가루도 뿌리는 곳

그것을 알 리 없는 무지한 중생들이
무언가를 빌고 있으니
누가 누구에게 누굴 위하여 무엇을 빈다는 것인가

알고 빌던가
혹은 모르고 빌던가

쌍용에는 고래가 산다

영월군 구舊 서면 쌍용리에는
한 달에 네 번 하나로마트에서 목요일에만
공병을 받는 날이 있다

아무리 바쁜 날이라도
마을 골짜기 골짜기에서
삽둔, 무동, 후탄, 창원리, 장장골, 멍앗
그리고 방산미까지 빈 술병을 싣고
공병을 핑계 삼아 쌍용장에 오는 나그네들
농협 마당에 쌓이는 공병의 양을 보면
모르긴 몰라도 분명 이곳에 바다는 없지만
고래가 사는 것이 확실한데
아기 돌고래인지 새끼 고래인지는 모르지만
그 커다란 덩치를 어디다 잘 숨기고
홀짝홀짝 이슬을 먹고 사는지

오래전 두고 온 바다가 그리워
인간人間들 몰래 달래는 슬픔을
이슬 속에서 찾는 건 아닌지

오늘 저녁 곰곰이 생각해볼 일이다

늙은 총각 장가보내기

경상도 사는 마흔 후반의 대학 후배 아무개가
보기만 하면
형님 장가보내달란다
이제는 형수님 장가보내주세요까지
아니, 중이 제 머리 못 깎는다고
젊어서 깎지 못한 머리를
제 부모님도 못한 것을
내가 어찌한단 말인가
그러고 보니 측은한 생각이 드는데
그러나
그도 나에게 이야기 안 한 게 딱 하나 있으니

나도 중매 서기가 좀
거시기한 것이다.

봄비

눈먼 처녀가

홀어머니 두고
멀리
시집가면서

흘리는

아주
서글픈 눈물

남자가 힘을 쓴다는 것은

사십 넘은 남자가 힘을 쓴다는 것은
새벽에 일찍 서는 게 다가 아니고
일주일에 한 번 정도 쓰레기 분리수거를 해주는데
앞 동의 웬 호피 무늬 바지 아줌마도 힘을 쓰고
대충 뒷모습이 궁금한데
우리 집 쓰레기는 가지가지
맥주병, 참치캔, 화장품, 깨진 컵 골고루 한참 분리하는데
호피 아줌마는 대각선으로 분리수거함에 넣고
끝내고 오는 길
애써 나오지도 않는 재채기를 돌려 하는데
돌부처 같은 그 아줌마 스마트폰만 엿물 젓듯 휘젓고
흑찰강냉이 물 안 붓고 찜솥에 불을 댕긴 마누라가
화천 유격장 조교 모자 같은 붉은 안경을 쓰고
한마디 한다
자 올빼미들 준비됐습니까?
그렇게 벙어리 냉수 마시듯 저녁을 들고

우리는 각자 방으로
힘을 쓰러 간다.

처세술處世術
— 추억록

보병 제7사단 군대 시절
제대를 보름 남기고
후임병들이 너도나도 추억록을 써주었는데
그중
용인 출신 김金 아무개가
서徐 병장兵長님
아흔아홉 명에게 선을 베풀기보다는
한 사람의 적을 만들지 마세요라고 적었다
그 신념 하나로
직장 생활 30년간 꿋꿋하게
지키며 살았는데

그런데도
매일매일 새로운 적들이 생긴다

소주에서 소주 갈아타기

셋째 딸을 낳고 난 후
산부인과에서 집사람은 큰딸 데려가서 밥 먹이고 기저귀 사 오라고 했다
큰딸이랑 청풍골뱅이해장국집에서
뉴그린 소주랑 저녁을 먹는데
주인댁들이 뜨악한 표정으로 젊은 사람이 왜 소주를
두 병이나 먹느냐고 물어서
산부인과 밑에서 술 먹는 놈은 뻔하지 않느냐고 반문하고
남은 잔을 들이켠 후
한 병 더 주문을 했더니 없다는 거다
(이때가 뉴그린에서 산으로 바뀌던 시기)
난 막무가내로 사다 달라고 했고
한 병을 마저 먹고 나서면서
아들 낳을 때까지는 저 술을 안 먹고
이슬을 먹으리라 다짐을 했다
세월이 흘러 아들을 낳고 난 후
축하 자리에서 이젠 처음처럼으로 바뀐 술로
갈아타려 했다
그러나 그게 쉽지 않았다

인간이란 이렇게 간사한 것이다
그 생활에 오래 젖다 보면
개구리 올챙이 적 생각을 못 하고
다시 돌아가기 싫은 것이다

소주에서 소주로 갈아탄다는 게
그게 어디 보통 어려운 일인가

5부

당신도 조상을 사랑하는가?

십여 년 전 동네에서 아부지 친구분이 소천하셨는데
공교롭게도 아부지 생신 이틀 전이었다
생신날 새벽 5시에
아부지께서는 얼른 가서 상여를 메주라고
나와 큰사위를 깨우셨다
그리고 1년 후
그 집 아주머니가 제사상을 보러 오셨길래
"아니 어머니, 아버지 제사는 한 달이나 남았잖아요" 했더니
애들이 주말에 와 당겨서 지내신다고 했다

그 말을 가만히 듣고 보니
부모는 살아서는 자식들 때문에 주말에 맞춰 생일을 미리 해 먹었는데
그럼
저승에 가서도 제삿날 밥도 못 얻어 드신다는 말이야

그럼
먼저 가신 조상님들은 모두

자기 제삿날에 짜장면을 시켜 먹으란 말인가

정말
당신도
조상을 사랑하는가

강물이 물때를 벗는 이유

농촌에서 오래 살아본 사람은 안다

강물도 또 다른 계절을 맞이하려면
길게는 열흘 짧게는 일주일간
물때를 벗는다는 것을

그때는 아무리 지저분한 강물일지라도
물밑이 명경처럼 맑아지고
민물고기들도 물가로 마실을 가는 예의를 보인다
그렇게 그 시간이 지나고 강물 바닥이 누렇게 변하고 나서야
내년 이맘때까지 버틸 수 있는 힘을 얻는 것이다

사람도 그럴 때가 있다
한생을 살 준비를 하고
몸을 정갈하게 갖추고 난 후에야

철이 들었다 혹은 인생을 안다고
그때서야 사람들이 이야기하는 것이다

도랑물이 흐르는 이유

감악산 옆구리 밑으로 도랑물이 흐르는 건
황둔을 지나 섬안이 밑으로
강물이 있다는 것을 알고 있기 때문이다
그 주천강물이 도원 도천을 지나 요선정을 휘돌아
굳이 한강으로 향하는 것은
그들이 옛날부터 바다랑 한 몸이었다는 것을
알고 있기 때문이다

바닷물로 증발해서 하늘에서 땅으로
인간의 몸속에서 윤회의 윤회를 거쳐
풀로 혹은 나무로 핏줄을 타고 돌 때도
반드시 돌아가야 한다는 그 본능만은
잃지 않았기 때문이다

그러나
그 자신이 물이었다는 사실을 안 것은
몇 겁의 세월이 흐른 다음이었다

감기 2

강원도 촌놈이
구봉도 바닷바람 맞고
갯벌에 호미로 보물찾기 하다
추억만 가득 싣고
네 시간 반 걸려 집에 도착했더니

내비게이션도 없는 녀석이
건방지게
먼저 와 안방에 죽치고 있네.

단구동의 초여름

내 고장의 여름은
마누라 승용차
스노타이어부터 온다

일반 타이어로 교체할 시간이 오면
봄은
치악산 자락을 넘어가고

자동차 공업사를 나서려고 하면
당신은 이미
수리비 대신 여름을 주고 갔으니까

숙명宿命

살면서 가장 싫은 일은 진밥을 먹는 일
진밥을 먹는 것보다 더 싫은 일은
논바닥에서
물에 잠긴 볏단을 걷는 일이다
볏단을 걷는 것보다 싫은 일은
낟가리 쌓아놓고 손 없는 날을 골라
탈곡기를 빌리는 일이다
탈곡기를 빌리는 것보다 싫은 일은
다 여문 벼이삭들이
태풍을 맞아 맥없이 쓰러진 것을
3박 4일 일으켜 세우는 일이다
일으켜 세우는 것보다 더 싫은 것은

그런 것 운명이라며 받아들이는 일이다

까분다는 것은

까불까불 까분다는 것은
남의 부애를 질러 맞을 짓을 하다는 의미도 있지만
평생 농사짓고 산 어머니는
그 까분다는 말의 의미로 여지껏 가족들 먹여 살리셨지
참깨 털고 들깨 털고 콩 타작 벼 타작해서
풍차가 없던 시절
짜가리까지 밤늦도록 키로 까불던 어머니 손
가끔 오줌을 싸면 뒤집어쓰고 갈 옆집이 멀어서
그 짓은 못 했어도
친척 아무개 바람병 들면 키를 삶아 먹으라고
거저 내어주면서 허허 웃으셨지

세상에 바람병에는 바람 일으키는 게 약이라고
참 여러 사람 살리셨지.

소문

뒷집 애기 엄마가
집을 나갔다지요.

들리는 말에 의하면
바람이 데려갔다고
애들 문제로 갔다고
신랑이 고자라서 갔다고
총각을 따라갔다고
오일장 설 때마다
가출한 정답이 뒤바뀌고

어르신들 말씀에 의하면
저기 저 다래산을 깎아서
아낙네들이 바람이 난다고
봉래산에 터널을 뚫어서
그렇다고들 떠들어대지만

지들 좋아서
새끼들 낳을 땐 언제고

그렇게 쉽게
수캐 지 새끼 버리듯
훌훌 털고 떠난단 말인가

가출이든 이혼이든
어차피 승자란
인생의 절반은 실패

다음 5일 장날에
또 어떤 발 없는 말들이
한 포대씩 배달돼오겠지만

정작
그가 정확하게
어디서 왔는지는
아무도 모른다.

수주면에 비가 오지 않은 이유
— 가뭄에 대하여

영월군 수주면 무릉3리에 종자 강내이 농사 40여 년 하면서 올해처럼 가뭄이 들기는 처음이다
오후 6시부터 밤 12시 40분까지 종자 강내이밭에 물을 주고 나니 옆집에서 새벽닭이 울었다
그렇게 4월부터 든 가뭄이 6월 중순이 되도록 그칠 기미가 없자 종자 강내이 농사를 짓는 칠팔십대 동네 분들이 너도나도 한마디씩 한다.

"씨부럴 눔들이 문제여, 왜 가만히 있는 수주면水周面 이름을 무릉 머시기인가 좆인가로 바꿔서 이 사달을 맹그느냐 말이여, 내 말은"

"제천, 원주, 횡성에 소나기가 흠뻑 왔는데 유독 두세 달 동안 수주면만 비가 안 오는 것은 水周面에서 물 수水 자를 빼서 그럴 거여 필시"

나도 가만히 그 소리를 듣다 보니
그 말에도 일리가 있는 듯
수주水周 이 얼마나 좋은 이름인가?

물이 두루 도는 마을이라는 이름인데
물 수水 자를 빼버렸으니, 쯧쯧

그리고 이틀 후 장대비가 내렸다

하늘도 그곳이 본래 수주水周였다는 것을
이미 알고 있다는 듯.

절구지 가는 길

여보게
자네! 절구지*라고 아는가?
강원도 영월군 구舊 서면에 가면
절구지라는 마을이 있는데
그곳은 법 없이도 천년을 살 수 있는
선남선녀善男善女들이 옹기종기 모여 있고
강을 감싸고도는 뼝창 또한 일품이고
너무 좋은 풍광風光이라
신선님도 밤이면 살짝 다녀가시고
모두가 잠든 깊은 밤에는
하늘나라 선녀님들도 잠시 목욕하러 오신다는 곳
속세에 나가서
사람들에게 마음 다치고
세월에게 몸 다친 후
절구지에 쉬러 오면 치유가 절로 되어
고만 속세로 나가는 길을 잊어버린다는데
여보게!
살다가 살다가 삶이 아주 버겁다고 느껴질 때는
절구지 한번 다녀가게

자네가 온다면 술은 내가 살 테니
자넨 몸만 오게나
그렇지만 그건 알아두게나

절구지가 너무 좋아서
자네도 속세로 나가는 길을 잃어버리지는 말고

* 영월군 한반도면 지명.

사임당 막걸리를 마시다가

사임당 막걸리를 한 번이라도 먹어본 사람은 안다
강원도 원주시 단구동에 가면
족발집 간판은 온달장군이고
갈빗집 간판도 갈비토대왕이었고
이제는 없어졌지만 보신탕집 이름도 연개소문이었다는 것을

원주가 고구려랑 무슨 억하심정의 인연으로
고구려 시대의 영웅들을 죄다 모셔왔는지
그렇다면 고구려 시대부터 원주는 요충지였다는 이야기인데

비 오는 날
관설동의 매지리막국숫집에서
반주로 강내이로 만든 사임당 막걸리를 마시다가
한 시대를 영웅으로 살다 가신 분들의 이름을 되뇌어보는데
세상에
막걸리 이름 또한 사임당 막걸리라니

오늘은 시간을 되돌릴 수 있는 비행기를 타고
저분들께 연통을 넣어야겠다
시대가 시대니만큼
영웅들의 이름을 사용하는 저작료는
잘 받고는 있는지
오늘 저녁 곰곰이 생각해볼 일이다.

친하다는 것

작년 9월 〈요선문학 13집〉 편집 중 발견한 사건이었다
총 55편 작품 중
아, 글쎄 대구 사는 Y 시인님 작품이 없는 거였다
e-메일도, 카톡도 두부콩을 도리깨로 털어
키로 까불듯 휘젓는데도 없는 거였다
그건 필시 내가 청탁을 안 했다는 것
오, 이럴 수가
바로 전화로 이실직고 후 사죄를 드리니
웃으시면서 괜찮다고 하시는 시인님
나도 편집을 20년 가까이 해왔다고 자부했는데
이런 실수를
친하다는 것은 이런 것이다
서로 가족처럼 친하다고 해도
다시 한 번 꼼꼼하게 더 챙겨야 한다는 것을
그리고 내 불찰인 것을
〈요선정과 사재강 그리고 사람〉을 주제로 열리는 시화전이
9월부터 10월까지 열리고 있었는데
시화전이 끝날 때까지

거시기 거시기가
아주 거시기하게 미안했다

구舊 서면에 고추모가 어는 이유

영월군 구舊 서면에는
법 없이도 3대가 살 수 있는 선남선녀들이
신천리, 광전리, 옹정리, 사정동에 옹기종기 모여 사는데요
고추모 정식은 조금 이른 4월에 심는 집이 많지요
수주면, 주천면은 5월 5일 이후에
정식하는 것을 기본으로 알고 있는데
동해凍害가 겁이 나 꿈도 꿀 수 없는 그 4월에
정식하는 그분들께 이유를 물으니
어르신들 왈
〈단종문화제〉 가려고 일찍 심었다고
혹은
마을 이장이 일찍 심으니 품앗이하려고
같이 심었다고
그런데 서리는 4월 26일에도 오고
얼음도 얼었다
사람이고 작물이고 가장 중요한 게 고추인데
서리 앞에 살아남을 장사 있는가
서리 맞으면 죽을 수밖에

헌데 이유를 〈단종문화제〉 핑계를 대니
원님을 대신해서
영월장릉에 잔盞이라도 올리고
제를 지내야겠다
백성들의 고추가 얼지 못하게 도와달라고
그렇다면
해마다 고추가 서리에 일찍 얼어버리는 것은
누구의 책임인가

참말로
미치고 팔딱 뛸 노릇이다

신짜장면論

조선 시대 광해군은 백성을 살리고자
중립 외교를 선택했고
광해군을 몰아낸 인조는
친명배금 정책을 써서 그 대가로 받은 게
병자호란이었다
그렇게도 당하던 중국에서 배워온 음식이
짜장면이라는데
그것도
노론 소론을 닮았는지
여당과 야당으로 나눠져서
짜장과 짬뽕 두 가지다
요즘은 중립을 지키자는 건지
화합을 하자는 건지
짬짜면도 등장했는데
400년도 더 흐른 지금도 중국집에 가면
짜장과 짬뽕의 선택 앞에서
불쌍한 중생들은

망설이는데

망설이는데

해설

향토적 서정을 겸비한 긍정의 시학

최연수

시인

시적 대상은 무수히 많다. 그리하여 어떤 소재를 가져와야 하는지 고민할 이유가 없다. 일상사를 중심으로 정서를 잇댈 수도 있고, 추상적인 관념에 집중할 수도 있다. 또한 사물의 본질에 사유를 입힐 수도 있다. 각각을 드러낼 수 있는 시적 개성이기 때문이다. 서봉교 시인은 자연과 인간을 시적 소재로 삼는다. 그 자연과 인간 속에는 고향이 있고 가족과 이웃, 그리고 그들에 얽힌 일상과 추억이 있다. 자연과 인간에 근거한 일상을 시적 소재로 다루는 것은 자신을 에워싸고 있는 자연과 사소한 일상이 전체적인 삶의 무게와 동등한 위치를 갖는다는 말이다. 소소한 것들에서 비롯되는 감정이 시적 공감으로 이어지는 것, 한국적 정서에 닿고 있다는 말이기도 하다. 시인은 시에 적절한 감정적 수분을 입히고자 한다. 이는 상대와의 거리를 적절히 좁히면서 삶의 서성거림 속에서 오는 아픔과 깊음을 읽는 맑은 눈과 연결된다.

시인의 시는 일상에서 시작되고, 경험의 구체성과 거기에 덧입힌 미적 기능으로 평가받기를 원한다. 깊고 따스한 눈길로 자연과 사물과 인간사를 읽어가는 정서가 빛을 발한다. 모호하고 애매한 지경에 빠뜨리는 시적 오독에서 벗어나게 해준다. 자연스럽게 의미에 닿게 한다. 그러면서도 정제되고 고도화된 형상화에 충실하다. 소박하고 조출한 정서를 육화시킨 시들은 건강한 정신적 산물이자 생에 대한 성찰이다.

1. 시적 형상화

서봉교 시인의 시는 부드럽다. 이는, 정감 있으면서 부드러운 상상력을 내포한 시라는 말과도 통한다. 자연을 빌려 인생을 빗대기도 하고, 자신을 성찰하며 순리의 길을 따르는 시적 시각 내지는 연성의 감각은 내면 의식과 화합하고 동행한다. 차용한 대상에서 그 자체의 순환이나 아름다움만을 도출해내지 않는다. 인간사의 희로애락을 표현해내되 새로운 생의 길을 모색하여 생의 에너지를 충전한다. 그 과정에서 유한한 생명에 반한 존재의 영원성을 지향하며 회전하는 삶의 원리를 터득해내는 것이다. 시인은 자신의 시에 배어 있는 고뇌와 회한과 서글픔 등을 굳이 숨기려 하지 않는다. 그러면서도 한편 시적 형상화를 거쳐 감동의 파장을 넓혀간다. 삶을 향한 연민이나 안간힘, 혹은 머뭇거림이나 망설임 등 인간이라면 누구나 거쳐야 할 다양한 감정을 공유하되, 자책이나 자조의 음성을 띠기보다는 응시하고 성찰하며 긍정하는 삶의 자세를 보이는 것이다.

표출된 감정을 시적으로 형상화하는 작업은 세상살이의 여러 항목 중에서 삶의 의미를 발굴, 채취해가는 섬세한 시적 안목을 지녔기에 가능하다. 섬세한 안목과 그것을 발효시켜내는 시인의 시력은 시적 품격은 물론 시적 언어의 진수를 전달해준다. 시 「9월의 연蓮」, 「사랑」, 「봄비」, 「노숙자」, 「수주별곡水周別曲 47」 등 짧은 시 속의 진수, 변용의 감각을 맛보기로 하자.

한창때

작두에서
미친년 널뛰듯

공중제비에 회전 돌려차기로

붕붕 날아다니던

늙은 무당의
검버섯 핀 얼굴
—「9월의 연蓮」 전문

연꽃의 한창때는 여름, 땡볕에서 화사하게 피워낸 연꽃은 "작두에서/ 미친년 널뛰듯/ 공중제비에 회전 돌려차기로// 붕붕 날아다"녔다. 그러나 꽃 지고 난 지금, 구월은 "늙은 무당의/ 검버섯 핀 얼굴"이다. 무릇 모든 생명 있는 것들의 유한함이야 어디 연밭에서만 적용되겠는가. 인생이 그러하고 만물이 그러하다. 그 생의 순환을 늙은 무당의 얼굴로 변용한 것은 신선한 발상이다. 이는, 토속에 기댄 시적 변용, 시적 형상화라 할 것이다.

시 「사랑」을 살펴보면, 사랑, "그것도// 스마트폰 배터리 같아서// 잔량이 100% 차지 않으면// 자꾸 자꾸// 충전을 갈구하는// 버릇이 있나 보다."라고 시인은 읊는다. 비울수록 차오르는 것, 그러나 갈구할수록 방전되는 '사랑'이라는 관념을 '스마트폰 배터리'라는 사물에 비유, 시적 미학을 높인다.

눈먼 처녀가

홀어머니 두고
멀리
시집가면서

흘리는

아주
서글픈 눈물
—「봄비」 전문

통상 봄은 새 생명이 움을 틔우는 계절이다. '첫'이며 '시작'이다. 그리하여 봄에 오는 비는 생명에게 숨을 불어넣는 윤활유, 혹은 촉진제로 생각하지만, 시인은 "눈물"이라고 한다. 그것도 "아주 서글픈", "눈먼 처녀가// 홀어머니 두고/ 멀리/ 시집가면서// 흘리는". 봄비가 서글픈 눈물로 변용되기까지 시인의 감정이 개입되는데 그 과정에서 '서글픔'으로 환기되는 것이다.

시 「노숙자」에서 보면, "어머니 뱃속에서 나올 때는/ 같았으나/ 부서지는 시간의 부스러기에/ 윤활유로 섞여 살다가" "남들은 모두 피해 가는/ 배앓이를/ 혼자만 앓는 이"라고 한다. '같았으나→섞여 살다가→혼자만 앓는 이'에서 서글픔과 외로움을 전해, 정서적 공감을 획득한다.

시 「수주별곡水周別曲 47」에도 상통하는 정서가 있다. "명마동의 노을"을 "동짓달// 스무이렛날// 큼지막한 뱀모기에// 한 방 물린// 쌍란// 노란자위// 한 점"이라고 한다. 석양과 노을, 여운이 긴 그 광경에서 태양은 두 개였다가 한 개로 되었다가 주변을 벌겋게 물들이며 사라진다, 인생처럼. 그 과정이 "큼지막한 뱀모기에// 한 방 물린// 쌍란"으로, "노란자위// 한점"으로 변용된 것이다.

시적 대상에서 또 다른 의미를 유출해내는 것은 삶의 적막함, 쓸쓸함, 비참함, 혹은 아름다움 등 다양한 시적 공감에 이르게 하는 길. 이렇듯 삶의 기쁨 내지는 안타까움 등 다양한 정서에 감성을 대는 시인의 시들은 충만한 내면 의식을 보여준다. 시인이 시적 대상에 대하여 표현하는 아름다움은 슬픔과 연결되어 있다. 너무 아름다워서 슬픈, 치명적인 아름다움. 아름다움이 품은 슬픔과 우수마저 시적 감동을 불러오지 않는가.

2. 토속적 해학, 향토적 정감

자연과 주변, 그것에 기대어 살아가는 이야기는 친숙한 시적 소재다. 시대의 다변성에도 여전히 즐겨 차용된다. 운행 질서를 따르는 자연은 스스로 갈등하지 않는다. 그 자연을 기반으로 살아가는 이들은 평화로운 세상을 지향한다. 자연이 주는 비폭력성은 그들이 주는 이미지로 인하여 순환과 역동성을 자유자재로 표현할 수 있는 장점이 있다. 순수함과 무심으로 인하여 비폭력과 순수한 존재의 대표적 상징물이기에 자연을 거스르지 않는 인간의 심성을 그리고자 하는 욕구가 시적 대상으로 즐겨 삼는 이유다. 이는 자연물과 연관된 인간의 서사가 중심이 되어 가장 자연스럽게 서정성에 잇닿을 수 있기 때문이다.

주천농협 하나로마트에 전화벨이 울린다

"조합직원 양반 여그 사슬치*여"

"네"

"소주 항 개 하구"

"네"

"아니 궤짝으로"

"맥주도 항 개여"

"네"

"아니 궤짝으로"

"사홉들이는 시 개여"

"네"

"아니 궤짝으로"

"네"

"잠깐 지달려바, 여 할멈 뭐 시킬 거야"

"음 다시다, 맛소금, 밀가루, 겨란 한 판, 두유도 한 박스 갖다 조. 시방 올 거지"

—「사슬치 나그네」 부분

대화체가 정감 있다. 투박한 사투리가 향토적 분위기를 물씬 풍긴다. 토속적 해학이 묻어난다. "실실" 웃음이 나오는, 그리하여 이것이 시인지, 아니면 일상 한 편을 묘사한 서사인지 헷갈린다. 그러나 시다. 서봉교 시인만이 할 수 있는 시작법이다. 사투리도 익숙하게 알아듣는, 물음도 없이 "네"로 반복되는 직원의 답은 그래서 더 재미가 있다. 익숙한 일이라는 듯, 다음도 알아듣는다는 듯 단답으로 응대하고 아랑곳하지 않고 본인 말만 하는 수화기 속 음성.

위의 예시에서뿐 아니라 다른 시에서도 익숙한 지명이 등장한다. 시인의 고향을 배경으로 한 시에는 우무실, 무릉3리, 쌍용리, 절구지 등 시인과 얽힌 지명이 심심치 않게 등장한다. 이런 점에서 볼 때 서봉교 시인의 시는 시인 자신의 역사이자 향토색 짙은 연가이며 정신적 지주인 고향에 대한 애착심이라 하겠다. 그렇다고 시인의 시가 서정에 안주했다는 말은 아니다. 인식의 방편으로서의 시, 정신적 삶의 지표와 표상으로서의 시와 동행했다는 것이다.

모친 출타 중인 본가에
사랑방 누룩 뜨는 냄새의 아부지가
10년 전 끊은 담배의 마른기침으로
기다리시는 곳
우무실

꽁치 통조림을 콘크리트 반죽 비비듯
김치와 섞어버리고
여름 낮
가마솥에 삶다 식은
바가지의 속 같은 찬밥을 떠 넣으면

먼저 드시고 내내 기다리던 아부지는
강아지들이 어미젖을 다 빨고 난 후
어미 개가 밥그릇을 당기듯
식은 꽁치찌개에 김 나간 소주를 쏟으신다

(중략)

“아부지 한잔하시죠”
“아들아 한잔할까”
—「서러운 홀아비들의 저녁 식사」 부분

영월군 수주면 무릉3리에는
법 없이도 평생을 사는
부처님 가운데 토막 같은 분들이
두릉, 톡실에 모여 사는데요
인심을 외상도 할 수 없는 사람들이
함께 40년 넘게 농사지은
미백찰 2호를 매상하는 날
요선정이 훤히 올려다보이는 강바닥에
작석作石한 강내이 자루를 내려놓고
사격장 들어가기 전의 훈련병들처럼
종자 검사원들 검사를 기다리는데
40kg 자루를 옮기는 일도 쉽지 않은 일
모두들 칠팔십을 훌쩍 넘겨버린 백발노인들이
서로 도와 자루를 간신히 내려놓고는
이제는 강내이 자루 하나도 못 들으니
농사는 고만 짓자고들 하는데

요선정의 미륵불이 고만해도 된다고
이젠 고만해도 된다며
자상한 미소로 가만히 그들을 내려다보고 있다
—「종자 강내이 매상하는 날」 전문

"모친 출타 중인 본가"에 부자가 모였다. 남자들만의 시간이 오붓하다. 부자지간의 정은 "김 나간 소주" 한 잔에 넘실거린다. 별다른 대화 없이도 통하는 정이다. "아부지 한잔하시죠" "아들아 한잔할까" 이 대화가 전부라 해도 수없는 묵언의 대화가 오고 갔을 것, 시인의 말을 빌리면 '서러운 홀아비들'이지만, 어머니와 아내가 엄연히 존재하는 행복한 풍경이다. 아니 쓸쓸한 듯 정겨운 장면이다. 단 두 마디에서도 넘치는 정이 아닌가. "인심을 외상도 할 수 없는" 정 많은 이들이 사는 "무릉3리". 이들은 "부처님 가운데 토막 같은 분들"이란다. "백발노인들", 이 아날로그 시대의 분들이 모여 "종자 검사"를 받는다. 이제는 농사를 그만 지어도 되지 않느냐고 "요선정의 미륵불이" "자상한 미소로 가만히 그들을 내려다보고 있다"고 한다. 이는 이들에 대한 시인의 안쓰러움을 표현한 것, 고향과 그 고향의 사람들과 동행하는 시인의 따스한 마음을 엿볼 수 있다.

영월군 서면 쌍용리, 공병을 핑계 삼아 쌍용장에 오는 분들에 대한 시 「쌍용에는 고래가 산다」에서도 애틋함과 슬픔을 읽는다. 바다가 없는 그곳에도 분명 "고래가 사는 것이 확실"하다고, 은근 해학을 곁들이면서도 "오래전 두고 온 바다가 그리워" "슬픔을/ 이슬 속에서 찾는" 건지도 모른다고 슬쩍 감정을 내비친다.

"온달족발집에서" "매운 족발을 씹다가 문득" "보신탕집 간판이 된 연개소문보다야" 낫다는 해학을 드러내기도 하고(「온달족발집에서」) "절구지라고 아"느냐고, "하늘나라 선녀님들도 잠시 목욕하러 오신다는" 그곳을 아느냐고, 영월군 한반도면 지명인 "절구지"를 예찬하는 시인이다.(「절구지 가는 길」)

주변을 살피는 시인의 성정으로 인하여 시인의 시에는 주변의 다양한 대상들이 오롯이 생명체로 살아 있음을 알 수 있다. 식물성 혹은 서정성으로의 세계관 내지는 미적 의식이 바탕이 되어 있음이다. 고향을 중심으로 한 자연은 시인의 오랜 친구이자 시적 전유물이다. 자연은 인간에게 적극적으로 행동의 제약을 가하지 않는다. 다만 본성 그대로의 위치에서 올곧은 모양을 갖춘 정직성과 순수성을 지니고 있기에 이것을 익히 알고 있는 시인은 시적 대상으로 자연을 서슴없이 차용하는 것이다. 자연을 소재로 한 서정의 시라 하여 시인은 무조건 자연의 아름다움이나 그 정서에 안주하는 것은 아니다. 자연물을 소재로 한 시가 갖는 한계점을 극복하고 있음을 어렵지 않게 발견할 수 있다. 우리의 땅에서 나고 자라는 작고 하찮은 것과 지명을 시편마다 거론하기도 하고 우리 것에 대한 순수한 애착과 국토를 사랑하는 마음까지 아우르는 시적 세계관은 확고한 신념을 보여준다.

과거를 돌아봄은 단지 지난 시절에 대한 그리움 때문만은 아니다. 이는 오늘의 나를 알기 위한 성찰이다. 이를 근거로 자신 있게 말할 수 있는 것은 언어의 심미적 체계를 근본으로 사람과 사람 사이를 이어주는 소통의 가치를 시의 목적에 두는 시인의 시는 정신성과 깊은 연관이 있으며, 이를 확고한 바탕으로 한 시는 시인 자신의 신념의 산물이라 할 수 있다.

3. 주변을 돌아보는 따스함

분업화의 시대다. 달리 표현하면 단절이다. 개인주의가 팽배해지면서 관계는 파편화되고 개인의 특성을 중요시하기보다는 대중에 중심을 둔다. 그리하여 개인은 대중에 고립이 되어버린다. 무질서하게 흩어져버린 세계 속에서 중요한 수단이 되어버린 것은 자본, 자본이 인격의 척도이며 삶의 덕목이 되어버렸다. 자본은 정신을 고독하게 만들었다. 자본주의는 이미 인간의 정신적 비애가 된 것이다. 그러나 자본이나 물질로부터 자유로울 수 있는 이는 아마 없을 것이다. 그렇다고 자본의 흐름을 되돌릴 길도 없다. 모든 것이 속도와 연결되어 그것을 따라가지 못하는 다수를 무기력하게 만들고, 서로의 정이라는지 의리마저 지워버렸다. 사람들은 사라져버리는 것이 무엇인지도 모른 채 문명이라는 이름 아래 그 무엇인가를 추억하게 되었다. 서봉교 시인은 서정을 주축으로 하되 틀에 갇히지 않은 사고와 표현력을 가지고 있다는 점에서 믿음직스럽다. 그는 시인의 존재적 위치를 견고히 지키며 주변을 돌아본다. 체험과 기억 속에 간직된 시간의 흔적들을 더듬으면서도 주변을 배려하고 따스한 시선으로 감싼다.

이발소 앞 중국집에서
아들은 짜장 난 짬뽕을 먹는데
에어컨 옆 늙은 고무나무
이파리가 다 말라가면서
물 좀 달라고 애원하고 있다
그것도 한두 번도 아니고 계속
나무의 시선이 거슬려 면을 먹기가 거북하고
매끄럽지 못한 신경전이 계속되는데
벌써 아들은 한 그릇 다 비웠다
나도 대충 짬뽕을 마무리하고

반쯤 남은 물병을 들고 가
화분에 물을 주었다
괜히 주인 눈치 살피며
계산하고 돌아서는데
여주인의 한마디

아저씨 저 나무 물 자주 주면 죽어요.
—「어떤 배려」 전문

독감으로 주말 밤새 앓은 아내 대신
일요일 조반을 하는데
어린 시절 엄마가 해주었던
콩나물밥이다
된장은 된장대로 끓이고
어머니와 같은 맛을 내기 위해
조미료를 넣고 또 넣고
맛의 기본은 그게 아니지
밥 풀 때 비릿한 콩나물 냄새가
어머니처럼 났다
한 숟갈 뜨고 혓바닥의 시간 여행을 따라
촉수로 더듬어보지만
저만치 저만치 멀기만 하지

그래 어머니 흉내가 이것뿐이랴
자식들 낳는 것도 아들 하나에 딸 셋
이미 닮았는데
어머니의 흉내를 낸다는 것은
나도 그만큼 세월을 살았다는 이야기
이다음에 우리 아이들은
지 엄마 흉내를 낼까
안 낼까?
—「엄마 흉내를 내면서」 전문

중국집 "에어컨 옆 늙은 고무나무"가 "물 좀 달라고 애원하고 있다"는 생각에 미친 시인. "나무의 시선이 거슬려 면을 먹기가 거북"하다는 시인. 주변을 돌아보는 따스함, 따스한 오지랖이다. 자발적인 인정, 누가 등 떠밀지 않아도 앞서가는 시인의 성정을 엿볼 수 있다.

"밤새 앓는 아내 대신/ 일요일 조반을 하는데" "엄마가 해주었던/ 콩나물밥"을 하면서, "어머니와 같은 맛을 내기 위해" 애쓰지만 "비릿한 콩나물 냄새가/ 어머니처럼 났다"고 한다. 비릿함에서 어머니를 떠올린 것은, 이제는 닿지 못할 유년에 대한 아쉬움과 그리움이라 할 것이다. "저만치 저만치 멀기만" 한 냄새, 그리하여 "어머니 흉내"만 내는 것이다.

오십을 바라보는 아내가 공부 가기 전
식은 밥을 뜨다가 대뜸 쌀 맛이 없다고 한다
칠십 넘은 시아부지가 지은 쌀인데
내심 괘씸하고 서운해도
당신 입맛이 늙었다고 얼버무리는데
가슴 한 편이 뻥 뚫렸다
식구들 모두 목욕탕 가고
혼자 밥을 안치는데 쌀이 부족하다
이태 전 논농사로 지은 쌀이 동이 난 것이다
이미 쌀을 사 먹으란 말은 들었는데도
모친께 확인 전화를 한다
아 쌀 떨어졌나 그럼 마트에서 한 포 사라
답을 알고 있으면서도 전화를 끊고 나니
이미 아들 가슴은 뚫렸는데
노인네 가슴에 또 다른 구멍을 낸 못난 큰아들 귀로
모친 수화기 놓는 소리가
치악산 비로봉의 날벼락 치는 소리보다
더 크게 들렸다.
—「밥맛」 전문

시 「밥맛」도 같은 맥락으로 볼 수 있다. "오십을 바라보는 아내"가 "공부 가기 전/ 식은 밥을 뜨다가 대뜸 쌀 맛이 없다고 한다". "시아부지가 지은 쌀인데", 시인은 내심 서운하다. 이제는 예전만큼 농사를 짓기 힘든 아버지가 아닌가. 쌀이 동이 났다는 시인의 말에 수화기 속의 어머니 음성이 흐른다. "마트에서 한 포 사라"고. 어머니의 수화기 놓는 소리가 "치악산 비로봉의 날벼락 치는 소리보다/ 더 크게 들렸다"는 시인의 마음은 젊은 시절의 아버지와 어머니가 아니라는 점, 늙고 힘없는 부모에 대한 애틋함과 슬픔의 심정이라 할 것이다. 요즘의 복합적인 시적 경향에 대하여 보내는 시각은 다양하다. 우려는 물론 안도감까지, 각자의 시적 관점은 다르지만 시와 한 몸이 되어온 시인에게는 자칫 그것이 우려로 비쳐질 수 있다. 그 이유는 여러 가지겠지만, 우선 하나만 꼽으라면 시가 갖는 본질의 목적이 흐려지지 않을까 하는 염려 때문일 것이다. 그것은 달리 말하면 시의 본래 의무로 회귀하고자 하는 소망 때문이다. 그리하여 내면의 울림이 없는 시에 탐닉하여 시의 본성을 잃을까 하는 염려는 그것을 찾기 위한 몸부림에 이르고, 그것을 위해 어떻게 해야 하는지에 대한 대책까지 간구하게 만든다. 그리하여 시적 울림을 찾기 위한 능동적 지각으로 나아가야 함을 깨닫는다.

4. 자아 성찰

다채로운 듯 단조로운 시간의 연속이다. 그러나 우리는 지루한 구면의 시간을 삶의 진리로 향하는 자연스러운 과정으로 받아들인다. 그 과정에서 아픔과 상처마저 따스하게 감싸 안는다. 주어진 숙명에 고개를 조아리기보다는 운명을 극복하는 과정에서 참된 이치를 찾는 것, 그것을 삶의 행복과 목표로 삼아 아픔을 치유한다. 그러므로 적절히 유지하고 있는 삶에 대한 반성의 거리가 좋은 시가 된다. 시인의 시적 진실을 구체화할 때, 타인이나 환경 또는 기타의 상황에 대한 질타나 한탄, 혹은 절규가 아닌 스스로 담금질하고 여과해내는 반성적 거리가 마침내 시가 되는 것이다. 이는 시적 소재의 거리인 것, 그 거리는 사물과 대상을 향한 열려 있는 마음과 감각에 따라 조정된다.

시월의 마지막 날
공순원 산골사과농원에서
열 사람보다 몇 배 더 나은 기계가 7등급으로 선별을 하는데
몇 순배 돌고 돌아 열대여섯 박스 고르고 나니
슬그머니 드는 생각
인간을 저 위에 올리고 돌리면 몇 등급까지 나올까
애초부터 거르고 나면

인간사 재미없는 세상이 될까
내가 저 위에 앉으면 몇 등급으로 떨어질까
고만
선별기 따라 같이 돌으니 골은 어지러워오는데
"오라버이 사과 안 담고 뭐 해" 여동생의 불호령 소리에
3번 사과를 집다가
글쎄 난 3, 4번은 갈까

귀하신 몸 1, 2번 사과만 박스에 담는다.
—「사과 선별장에서」 전문

사과는 기계가 선별하는데 인간은 어떻게 등급을 나눌까. 그 기준은 무엇일까. 인간도 사과처럼 등급을 나눌 수 있다면 과연 "몇 등급까지 나올까" 시인은 생각한다. 그러나 사람은 등급을 나눌 수 없으니 재미있는 세상일 것이라는 걸 이미 깨닫고 있는 시인은 그 점을 강조하기 위해 기계 위에 올려놓으면 자신은 "몇 등급으로 떨어질까" 반문한다. 자기반성이자 겸손이다.

한창 젊었을 때
주천의 연밭에 갔을 때는

오직 연꽃만 보였다

마흔을 넘기고
쉰을 바라볼 때
비로소 연 이파리 아래가 보였다

온통 개구리밥으로 덮인
또 다른 초록 세상

그 밥을 뒤집어쓰고
눈만 내민 청개구리가 말했다

너는
이제야 왔느냐고.
—「주천의 연밭에서」 전문

"젊었을 때/ 주천의 연밭에 갔을 때는/ 오직 연꽃만 보였다"고 한다. 젊었을 적, 아직 세상 만물의 이치를 모를 때는 결과물이 먼저 보이기도 한다. 보이는 것이 전부여서 화려한 것만 눈에 들어온다. 결과가 좋으면 다 좋은 것이라고 믿기 때문이다. 그러나 "마흔을 넘기고/ 쉰을 바라볼 때/ 비로소 연 이파리 아래가" 보인다. 꽃을 피우기 위해 애쓴, 결과를 짓기 위해 몸부림친 노고를 안다는 것. 그것은 세상을 보는 눈을 드디어 가졌다는 것이다. "너는 이제야 왔느냐"고 묻는 "청개구리"의 물음은 '너는 이제야 그걸 아느냐'는 물음으로 해석해볼 수 있다.

사랑하는 사람이
멀리 있다는 것은
얼마나 다행한 일인가

사랑하는 사람과
아직도 연락이 닿지 않는다는 건
얼마나 다행한 일인가

사랑하는 사람이
아직 살아 있다는 것만으로도
얼마나 다행한 일인가

그런 사랑을 하나쯤
왼쪽 가슴에 묻고 산다는 것
얼마나 다행한 일인가

그런 사람을 만날 수 없다는 것

이 또한 얼마나 기막힌 일인가
—「애인」 전문

다행이란다. "사랑하는 사람이/ 멀리 있다는 것"이. 또한 다행이란다. "사랑하는 사람과/ 아직도 연락이 닿지 않는다는" 것이. 그리고 다행이란다. "사랑하는 사람이/ 아직 살아 있다는 것만으로도", "그런 사랑을 하나쯤/ 왼쪽 가슴에 묻고 산다는 것"이. 그러나 반전이다. "기막힌 일"이라고 한다. "그런 사람을 만날 수 없다는 것"이. 다행에서 다행까지, 긍정이었지만 시적 반전을 이루며 기막힘이 될 때까지 통상의 예측을 뒤집는다. 성찰에서 얻은 발상의 전환이다.

농촌에서 오래 살아본 사람은 안다

강물도 또 다른 계절을 맞이하려면
길게는 열흘 짧게는 일주일간
물때를 벗는다는 것을

그때는 아무리 지저분한 강물일지라도
물밑이 명경처럼 맑아지고

민물고기들도 물가로 마실을 가는 예의를 보인다
그렇게 그 시간이 지나고 강물 바닥이 누렇게 변하고 나서야
내년 이맘때까지 버틸 수 있는 힘을 얻는 것이다

사람도 그럴 때가 있다
한생을 살 준비를 하고
몸을 정갈하게 갖추고 난 후에야

철이 들었다 혹은 인생을 안다
그때서야 사람들이 이야기하는 것이다
—「강물이 물때를 벗는 이유」 전문

예시「강물이 물때를 벗는 이유」는 "물때"를 벗은 강물처럼 시인의 맑은 심성과 내면을 들여다보게 한다. "사람도 그럴 때가 있다"고, "한생을 살 준비를 하고/ 몸을 정갈하게 갖추고 난 후에야" "철이 들었다" "인생을 안다"고 말할 수 있다는 것을 깨닫는 성숙. 이는 몸소 부딪고서야 알아차리는 지혜라 하겠다. "버틸 수 있는 힘"은 깨달음의 힘, 진리를 알아 끝까지 견디는 힘이다.

서봉교 시인은 유한한 생명에 반한 존재의 영원성을 지향하고자 한다. 목숨은 어느 순간 정지하지만, 끝없이 생성되고 회전하는 삶의 원리를 일상에서 터득해내고자 한

다. 존재의 영원성은 물질이 아닌 정신적 가치에서만 얻어지는 것, 회전하는 삶의 원리 속에서 그는 시적 대상을 면밀히 바라본다. 그러나 두려워하기보다는 대상을 향해 서슴없이 다가서며 대상 속으로 스며들어 그것과 하나가 된다. 그리하여 어느 지점에서 대상의 일부가 되어 그것 너머에 존재하는 가치를 알아챘다. 시인의 시적 미학은 삶에서의 당위적 진실 자체만을 읊은 것이 아니라 생에서 만나는 여러 사건과 감정들을 의미로 드러냈다는 점이다. 쓸쓸하고 슬픈 단면까지, 긍정으로 해학으로 자신을 돌아보게 한다. 치열했던 지난 삶의 방황과 고독, 슬픔, 기쁨 등 복합적 감정이 정화된 후 보여주는 삶의 의미 내지는 미덕이다. 불안정함이 긍정으로 다시 전환된 것이다.

서정의 주축은 시적 대상에 대하여 시인 자신의 정서를 표현한다는 것이다. 그러나 본질이 이렇다 하더라도 개인의 주관적 잣대와 미학으로만 성립되지 않는 것 또한 서정시다. 달리 말하면 시인 자신의 주관적인 미학에 더해 시적 대상을 달리 보는 객관적 미학의 시각이 상호 균형을 이루어야 한다는 것이다. 주관적이고 객관적인 시각이 상호 대등해지는 지점에서 성립되는 것이 시. 주관적인 미학은 시인 자신의 시적 대상을 바라본 감정 표출이며 객관적인 미학은 시적 대상이 품고 있는 진실 혹은 본질이다. 이때 시인은 대상과 자신을 동일화하는 과정을 거쳐 일상적 사실을 넘어선다.

시적 의미와 진경은 시적 대상에서 살아 있는 감정의 진실을 읽어낼 때 찾을 수 있다. 시인의 날숨을 독자는 들숨으로 상호 교환, 작용하는 시적 감응이 바로 우리가 말하는 시적 경지이며 시가 추구하는 미학이다. 시적 진경을 위하여 서봉교 시인은 시적 대상의 주관적인 것을 직접적인 것으로, 구체적인 것으로 재탄생시킨다. 시적 대상의 보이는 것과 보이지 않는 것 사이의 것을 찾아 시인의 숨결을 댄다. 그러기 위해서 시인은 시적 대상을 앞에 두고 오래도록 사유하고 고민해 대상이 숨기고 있는 의미를 찾아내 이를 시인 자신의 주관적 정서와 접목한다.

시적 대상 앞에서 더욱 겸손해지고 시인 자신의 시적 대상에 대한 첫인상과 선입견을 침전시켜 대상에서 읽히는 밝음과 긍정 등 시적 대상과 자신과의 열린 통로를 발견해내는 서봉교 시인. 시인의 시집 『강물이 물때를 벗는 이유』에서 시적 여운과 감동을 충분히 전달받을 수 있음은 깊은 시적 연륜에서 비롯된 시인의 시적 능력임이 틀림없다. 그리하여 시는 더욱 깊은 울림으로 다가서는 것이다. 끝

달아실시선 68

강물이 물때를 벗는 이유

1판 1쇄 발행 2023년 8월 18일

지은이 서봉교
발행인 윤미소
발행처 (주)달아실출판사

책임편집 박제영
디자인 전부다
법률자문 김용진, 이종진

주소 강원도 춘천시 춘천로 257, 2층
전화 033-241-7661
팩스 033-241-7662
이메일 dalasilmoongo@naver.com
출판등록 2016년 12월 30일 제494호

ISBN 979-11-91668-84-1 03810